1주차

가족과 사회가 함께하는 치매예방!
"치매"에 대해 알아야 예방할 수 있습니다.

치매예방을 위한

인지능력향상
뇌건강 학습지

인지능력의 저하가 치매의 시작

인지능력을 높이기 위한 9개 영역이 포함

실질적인 활동을 통한 인지능력향상 학습지

덕 지음
치매예방강사협회 발행

# 건강 박수

❀ 다음의 박수를 1분씩 쳐보세요.

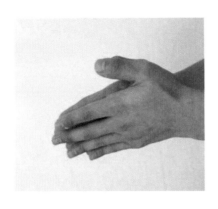

### ❶ 손바닥 박수

인체의 내장기관이 손바닥에 집중되어있기 때문에 이 손바닥 박수를 치면 내장을 강화하는데 도움이 되며 당뇨합병증을 예방하는 효과가 있다.

### ❷ 손가락 박수

이름에서도 짐작할 수 있는 이 박수는 열손가락을 부딪치며 치는 박수다. 모든 손가락을 다 마주치기가 힘들지만, 비염으로 고생하고 있는 노인에게 좋다.

### ❸ 달걀(손가락 끝) 박수

소리가 조금 덜 나게 할 때 손가락 끝과 손목 쪽이 닿는 이 달걀 박수를 치면 좋다. 달걀 박수는 손을 구부려서 손바닥이 닿지 않게 치는 박수로 중풍이나 치매예방에 좋다.

| 지남력 | 1주차 1교시 1 | ● 한국치매예방강사협회 |

## 1 나는 누구인가?

❶ 나의 이름은 무엇인가 적어보세요?

❷ 나의 생일은 어떻게 되나요? 년도와 월, 일을 적어보세요.

❸ 나의 나이는 몇 살인가요?

❹ 내가 가장 좋아하는 친구는 누구인가요?

❺ 내가 가장 잘하는 것은 무엇인가요?

❻ 지금 가장 보고 싶은 사람은 누구인가요?

## 2　무엇일까요?

🌸 무엇인지 이름을 적고, 무엇이 있는지 기억해 보세요.

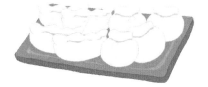

그림을 가리고 무엇이 있었는지 기억을 떠 올려보세요.

집중력　　　1주차 2교시 1　　　🌸 한국치매예방강사협회

**3** 찾아보세요

🌸 위 그림과 아래 그림을 비교하여 다른 그림을 찾아서 동그라미로 표시해보세요.

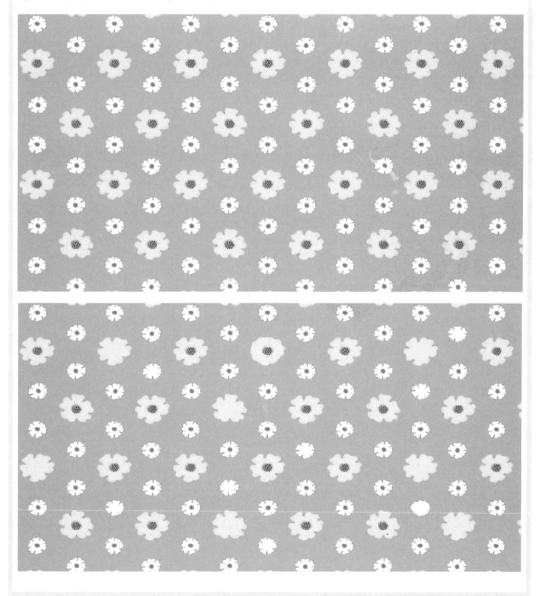

| 지각력 | 1주차 2교시 2 | ● 한국치매예방강사협회 |

**4** 무슨 색인가요?

✿ 무슨 색인지 연결해 보세요.

·      · 검정색

·      · 노랑색

·      · 녹색

·      · 파랑색

**판단력**  |  1주차 3교시 1  |  ● 한국치매예방강사협회

**5** 무엇을 하는가요?

✤ 무엇을 하는지 이야기 해보세요.

🔨 직업 :

🔨 하는 일 :

🔨 직업 :

🔨 하는 일 :

🔨 직업 :

🔨 하는 일 :

**시공간력**  1주차 3교시 2  🔵 한국치매예방강사협회

## 6 따라 그려보세요

🌸 왼쪽 도형을 보고 똑 같이 따라 그려보세요.

계산력 | 1주차 4교시 1 | ● 한국치매예방강사협회

## 7 계산해 보세요

❋ 다음을 계산해 보세요.

🍎🍎 + 🍏    =

🍎🍎🍎🍎 + 🍏🍏    =

🍎 + 🍏🍏🍏🍏🍏    =

🍎🍎🍎🍎 + 🍏🍏🍏    =

🍎🍎🍎🍎🍎 + 🍏🍏🍏    =

🍎🍎🍎🍎 + 🍏🍏🍏🍏    =

🍎🍎🍎🍎 + 🍏🍏🍏🍏🍏    =

🍎🍎🍎🍎🍎 + 🍏🍏🍏🍏🍏    =

**언어력**  |  **1주차 4교시 2**  |  🌀 한국치매예방강사협회

**8** **써보세요**

🌸 자음과 모음을 모아 글자를 만들어 써보세요.

| 모음<br>자음 | ㅏ | ㅐ | ㅑ | ㅓ |
|:---:|:---:|:---:|:---:|:---:|
| ㄱ | | | | |
| ㄴ | | | | |
| ㄷ | | | | |
| ㄹ | | | | |
| ㅁ | | | | |

## 일기쓰기

### 오늘은 무엇을 했나요?

한국치매예방강사협회

20　년　월　일　요일　　날씨 :　　기분 :

| 한 일 | |
| --- | --- |
| 먹은 음식 | |
| 만난 사람 | |

## ⬢ 한국치매예방강사협회

🌸 한국치매예방강사협회는 치매없는 세상을 만들어 가는 단체입니다.

🌸 한국치매예방강사협회는 치매예방과 자존감 관련된 프로그램을 개발하여 보급하고 있습니다.

🌸 한국치매예방강사협회는 치매예방을 위한 일일학습지와 월간활동지를 가지고 직접 방문해드립니다.

🌸 한국치매예방강사협회는 치매예방강사와 자존감코치를 원하시는 곳으로 파견해드립니다.

🌸 치매예방 프로그램이나 강사가 필요한 기관은 노인요양원, 데이케어센터, 요양보호사교육원, 요양보호사파견기관, 노인정, 경로당, 노인복지관, 노인대학 등 노인을 대상으로 하는 곳은 모두 해당됩니다.

🌸 치매예방 프로그램, 활동지, 학습지, 치매예방강사가 필요하신 분들은 연락주세요. (문의 상담 : 010-8975-3996)

### 치매예방을 위한 인지능력향상 뇌건강 학습지 1

2018년 5월 26일 1판 1쇄 발행
2019년 8월 10일 1판 2쇄 발행

저 자: 유 순 덕
발행자: 채 주 희
발행처: 해피 & 북스

e-mail : elman1985@hanmail.net
등록: 제10-1562호(1985.10.29)

값 3,000원
ISBN 978-89-5515-626-3
9 788955 156263
13810

낙장 · 파본은 교환해 드립니다.    정가 3,000원